그때 거기
사랑이 있었네

그때 거기 사랑이 있었네

초판 1쇄 인쇄일 2014년 02월 03일
초판 1쇄 발행일 2014년 02월 07일

글 전문근
펴낸이 양옥매
디자인 신지현

펴낸곳 도서출판 책과나무
출판등록 제2012-000376
주소 서울특별시 마포구 월드컵북로 44길 37 천지빌딩 3층
대표전화 02.372.1537 팩스 02.372.1538
이메일 booknamu2007@naver.com
홈페이지 www.booknamu.com
ISBN 979-11-85609-01-0(03810)

이 도서의 국립중앙도서관 출판시도서목록(CIP)은 서지정보유통지원 시스템
홈페이지(http://seoji.nl.go.kr)와 국가자료공동목록시스템
(http://www.nl.go.kr/kolisnet)에서 이용하실 수 있습니다.
(CIP제어번호 : CIP2014003313)

그때 거기 사랑이 있었네

전문근 지음

책과나무

| 작가의 말 |

시인은 어떤 사람인가?

시인은 자신이 마음을 표현하기 위하여 시를 쓰지만, 우리 삶의 과거와 현재, 미래의 세상과 끊임없이 대화하고 사랑을 나누는 사람이다. 가슴에 품어 왔던 사랑의 눈으로 때로는 그리운 마음으로 보이지 않는 것을 보려는, 들리지 않는 목소리에 귀 기울이는, 새롭게 느껴 보려고 노력하는 사람들일 것이다. 어쩌면 가슴에만 품어 온 사랑과 그리움, 소외, 고독, 절망에 새 빛을 비추는 사람이다.

흔히들 일상을 살면서 얼굴이나 피부는 매일 만지고 다듬고 거울 속의 모습은 하루에도 몇 번씩 매만지고 만난다. 그럼, 내 안의 깊은 속은 얼마만큼 자주 만나고 있는 것일까?

멀리서 혹은 가까이에서 누군가를 사랑하고, 그리워하며 품어 왔던 마음의 불빛들은 제대로

내비쳤을까? 지금까지 가슴속에 머물러만 있는 것은 아닌지 한 번쯤 되돌아볼 일이다.

다시 돌아가고픈 추억들, 남루했던 삶과 그리움들이 모두 내게 글꽃을 피우게 해 준 인연들이다. 틈틈이 자연 속에서 힘겹게 살아가는 풀꽃 한 포기의 희망과 사랑을 찾아 그 끈을 움켜쥐고 정겹게 살아가는 눈빛들. 그들의 속 깊은 내면을 보고, 듣고, 느끼고, 함께 부대끼며 삶의 조각조각을 모으고 다듬은 마음들을 엮어 보았다. 시를 쓰기 시작한 지 20여 년이 지났고, 이번에 세 번째 시집을 내고 있지만, 나의 시에 자부심을 갖거나, 시인이라는 것을 실감하지 못하고 있다. 늘 부족하여 채우고 싶은 마음이 있기 때문에 어제도 오늘도 시를 쓰고 있는지도 모른다. 그냥 시를 좋아하고 사랑하는 마음이 깊어지면 언젠가는 가슴 깊은 곳에 흐르는 맑은 샘물을 끌어낼 수 있을 것만 같은 심정으로 시를 쓰곤 하였다.

한편 우리의 삶이 날로 기계화, 자동화, 체계화, 상업화되어 가는 현실 속에서 요즈음 '시를 읽는 사람이 점점 줄어들고 있다'는 말을 자주 듣는다.
더러는 바쁜 세상에, 하루하루 살기도 힘든데,
'시를 읽는 것이 사치스럽다'고 생각하지나 않을까?
하는 걱정도 해 본다.

삶이 힘겨울수록, 우리의 마음이 건조하고
거칠어질수록, 본연의 인간성을 회복하고 삶에서
오는 우리의 문제를 인간만이 지닌 뜨거운
가슴으로 바라보아야 한다는 생각을 해 본다.
새롭게 발견되는 경이로움과 즐거움, 내면의 깊은
고뇌와 희망을 다시 일으켜 세워 주는 사랑의
시가 어느 때보다 필요하다는 생각으로 이 시집을
출간하였다.

교장실 창밖을 내다보니 뜰에는 꽃과 나무들이 제
빛깔을 접고 또 다른 삶을 향하여 떠나고 있다.
늘 창가까지 팔을 뻗어 시심을 지켜봐 주고 반겨
주던 은행나무가 유난히 샛노랗게 물들어 가을
내내 눈을 맞춰주다가 나의 퇴임을 아쉬워하는 듯
지금은 두 눈을 꼭 감고 가끔씩 불어오는 찬바람에
흔들리곤 한다.
따스한 햇볕을 받으며 운동장에서 즐겁게 뛰노는

아이들의 왁자지껄한 소리, 등나무 그늘 아래서
도란도란 들려오던 웃음소리가 언제부터 음악처럼
그리워진다.
무엇보다도 교직을 마무리하며 사랑하는 이들에게,
힘겹게 살아가는 독자들에게 작은 선물을 드릴 수
있어서 기쁘다.

2014. 봄이 오는 길목에서

| 목차 |

2부 꽃잎은 사랑을 머금고

3부 그리움이 쓴 가을

4부 그대 다시 그리움 되어

1부

차 한잔을 마시며

흐르는 세월 속에
비가 내리고
눈이 내리고

한 잔의 차를 마시며
여운으로 남겨진
그 사람이 미소를 음미한다

당신의 비가 내립니다

그리움 젖는
비가 내립니다

종일토록 비가 내리는 날은
창밖을 바라보며
당신의 비에 젖고 있습니다

비가 오는 날은
당신과 나 사이에 흐르는 빗물을 담아
그리움 다시 싹트는
촉촉한 가슴이 되고 싶습니다

나뭇잎에 떨어진
은은한 빗소리가
당신의 목소리처럼 들려와
이렇게 빗속을 거닐면
어쩌면

내 그리움 젖는 당신을 만날지도 몰라
우산을 받쳐 들고 빗속을 걸어 봅니다

내 마음의 꽃밭에
당신의 비에 피는
내 마음의 사랑꽃 하나 다시 만나고 싶은
당신의 비가 내립니다

당신은 그냥 좋은 사람입니다

당신은
굳이 말하지 않아도
그냥 좋은 사람입니다

당신은
언제 보아도
넉넉한 미소와 따스함 지닌
그냥 좋은 사람입니다

언제 어디서 만나도
살아온 이야기와
살아갈 이야기를
허물없이 나누고 싶은
그냥 좋은 사람입니다

이 세상이
춥고 힘들수록

맨얼굴 그대로
눈 내린 길을 함께 걷고 싶은
그냥 좋은 사람입니다

함께 가꾼 우리 인연도
그리 쉽게 허물 수 없는
당신은

들꽃 향기 가득 지닌
그냥 좋은 사람입니다

한 송이 사랑꽃을 위하여
－결혼식에 부쳐

이 세상 수많은 사람 중에서
하늘이 짝지은 인연이 되어
당신은 나에게
나는 당신에게
한 송이 사랑꽃이 되었습니다

이 시간이 지나면
아름다운 꽃길도 걷겠지만
때론 눈 내린 벌판에서 흔들리고
때론 폭풍이 몰아치는 파도를 만난다 해도
한 송이 사랑꽃을 위하여
함께 노 저어 가야 합니다

가진 것이 없어도
당신보다 당신을 더 사랑하여
당신의 허물도
당신의 눈물도 품고 가꾸어

향 깊은 한 송이 사랑꽃을 활짝 피우고 싶습니다

먼-훗날
뒤돌아 본 석양 길에서
마주 보고 웃음 짓는 들꽃처럼
당신과 손잡고 가꾸어 온 삶이
참으로 아름다웠노라고
참으로 행복했노라고

사랑꽃 당신이여!

내가 사랑하는 사람은

내가 사랑하는 사람은
흠이 많고
그늘이 있어도
석양빛에 물드는
갈대꽃 강가를 바라보고
감동의 눈물이 있었으면

가끔씩
별빛이 바라보이는 창가에서
우수에도 젖다가
늘
모자람을 채워 갈 수 있었으면

내가 사랑하는 사람은
마주 앉은 차 한 잔, 술 한 잔 맞대고
재미없는 이야기도
흥겹게 웃어줄 수 있는

유머가 있었으면

당신이 꽃이라면
민들레처럼
한없이 품어 줄
포근한 미소가 있는 사람이었으면

차 한 잔을 마시며

노을빛에 물든 양수리를 바라보며
두물머리 카페에서
김이 나는 차 한 잔 앞에 두고
여운으로 남아 있는
너의 향기를 음미한다

세월이 흐를 만큼 흘렀는데도
시월의 끝자락에만 서면
찻잔에 어리는 네 모습이
단풍잎처럼 붉어져 흔들린다

그대는 알고 있는가?
언젠가는
안겨 주고 싶은 그리운 마음이
낙엽처럼 정처 없이 구르고 있음을

그대는 알고 있는가?
언젠가는 채워 주고 싶은
'시월의 마지막 밤' 노래는
내 마음의 강물이 되어
너에게 흐르고 있음을

웃음꽃 당신은

한겨울
따사로운 햇살처럼
미소 짓는 당신은
미소 짓게 해 준 당신은
세상을 밝히는 마음꽃입니다

절망의 늪에서도
밝은 얼굴
희망찬 웃음은
웃게 해 주는 당신은
세상을 밝히는 행복꽃입니다

당신의 일상의 너털웃음은
당신의 따뜻한 격려 웃음은
홀로 가둔 외로움도
풀 수 없는 괴로움도
다독여 함께 피는 세상꽃입니다

웃을 수 없을 때

웃고

또 웃음 주는 당신의 모습은

세상에서

가장 아름답게 피는 꽃입니다

사랑은

사랑은
사랑한 것만큼 기쁨이다

새봄을 위하여
소중한 씨앗을
시리도록 품어 주는 겨울의 마음처럼

어둠이 깊어질수록
서로에게 반짝어 주는 별빛 마음처럼
늘
너를 위해
새로 피고 싶은
꽃잎 같은 마음이다

사랑은
사랑한 것만큼 아픔이다

종일토록 기다려도
더 기다리고 싶은

보이지 않는 곳에서도
마음을 흔들어 잠 못 이루는

내 마음의 불빛 하나 들고
닿을 수 없는 먼 곳까지 비추는 것이다

중년 어디쯤 가고 있는가

언제부턴가
뒤돌아 본 세월 싣고
언덕배기 너머로
아쉬운 젊음이 실려 간다

묻지도
허락하지도 않았는데

거두어 간 낭만 자리에서
서러움만 가득 싣고
희끗한 머리카락 흩날리며
비탈진 고갯길을 쉼 없이 내려간다

아쉬운 손을 내밀어
지난날들을 붙잡아 봐도
그리움만 한 다발씩 던져 주고
덜컹거린 내리막길을 잘도 간다

떨치지 못한 저 노을빛 따라서

동안거 끝낸 선승의 발걸음처럼

뒤돌아 본 젊음이 날마다 멀어져 간다

사랑한다는 것은

사랑한다는 것은
보이지 않는 나의 화분에
너를 심어 놓고
너를 생각하는 마음이
단비처럼 내려 주는 것이다

사랑한다는 것은
보이지 않는 나의 화분에
부족함을 심었어도
거센 바람이 불 때면
가슴으로 가슴으로 덮어 주고
가꾸는 것이다

어둠 속에서도
더 깊은 어둠이 몰려와도
아직 남은 희망 빛을 바라보며
마주 보고 반짝이는

별처럼

사랑한다는 것은
인생의 해가 기울어져도
서로의 화분에
떠나지 않는
사랑의 비가 되어 내려 주는 것이다

사랑꽃 당신

때로는
늘씬하게 가꾼 몸매
폼 나는 사모님을 바랐다가도
남편 건강을 더 챙기고 싶어 하는
애들 간식거리 하나라도 더 사고 싶어 하는
사랑하는 마음
사랑꽃 당신이 있었기에

모처럼 가족 나들이에
세련된 화장
멋진 옷차림을 바랐다가도
편하고 헐렁한 차림으로
언제 어디서나
아이들을 더 보살피려 했던
사랑의 손길
사랑꽃 당신이 있었기에

홍안의 푸른 꿈을 꾸다가도
새벽을 열고
어둠을 닫을 때까지
엄마라는 이름으로
아내라는 이름으로
날마다 쏟아지는 일거리에
걱정거리에
그 꿈마저 접어 버린
사랑꽃 당신이 있었기에

이제는
남편의 이름으로
가족의 이름으로
당신의 넘치는 사랑이 키워 낸
눈물 같은 사랑꽃 한 아름을 안겨 주고 싶습니다
사랑꽃 당신이여!

봄꽃

첫사랑 눈빛처럼
눈부시다
눈부시다

겨우내
품어 올린 빛깔들

스쳐 가는 햇살도
코끝에도 대어보고
볼에도 대어보고

어디를 보아도
못다 이룬 순정뿐인데

바람이 흔들고 간
꽃 대공 끝에서
금방이라도 터질 듯한

뜨거운 가슴
벙글어진 웃음들

색색마다 쏟아 내는 사랑은 어쩌려고
이 봄도
예쁘게 미소만 짓다가 말 것인가

홀로 여위어 가는
그리움만 앓다가 말 것인가

네가 있어 그립다

한 시절
마음을 어루만지고
보이는 것은 다 품어 주던
넌
화려한 새가 되어
돌아오지 못할 만큼 멀리 날아간
내 그리움의 숲에는
아물지 않는 네 모습이
거미줄에 걸린 나비처럼 잡혀 있다

어쩌다
사랑하는 나이가
빈 들녘 바람처럼 스쳐 갔어도
그 시절 그리움이
흐르지 못한 빗물처럼 고여 있다

마음조차 타들어 가는

저문 가을이
한 송이 들국화를 피워 놓은
어디쯤에서
저 홀로 물들어 쓸쓸해도

그립다
어딘가
네가 있어 그립다

말의 향기

꽃의 향기는
잠시 머무르고 사라지지만

말의 향기는
멀리멀리 오래도록 퍼져 가지요

어쩌다
생각 없는 한마디에
마음이 베이고 잠 못 이루기도 하지만

아름다운 격려의 말 한마디는
마음에 둥지를 틀고
오래도록 꿈이 되어 크지요

사랑의 말 한마디는
절망의 늪에서도
다시 일으켜 세우는 오뚝이가 되지요

당신이 담아 준

심중의 그 한마디는

세월이 흐를수록 마음의 뜨락에서

은은한 향기 품은 희망의 꽃으로 피지요

아름다운 인연 하나 있는가

그대는
흘러가는 강물에
미소 짓는 얼굴 비추고
다정하게 불러 보고 싶은
아름다운 인연 하나 있는가

난마처럼 얽히고
톱니바퀴처럼 돌아가는 세상에서도
보이지 않는 뒷모습까지
마음을 열어 주는
아름다운 인연 하나 가졌는가

꽃은 열매를
열매는 꽃을 위하여 소중하듯
다 채워 줄 수 없어 그리워지는
이슬처럼 맑은 눈동자
아름다운 인연 하나 갖고 있는가

그대는

먼 훗날까지

눈 시린 젊음 끝나는 길에서

떨어지는 꽃잎 품었다가

노을 강에 띄워 줄

아름다운 인연 하나 있는가

가을이 있어 행복합니다

가을에는
내 안의 나를 깨워
내 마음을 볼 수 있어 행복합니다

무성하던 이파리가
찬바람에 곱게 물들어 흔들릴 때마다
내 안의 젊은 날
내 모습을 보이는 가을이 있어 행복합니다

제 몸에서
한잎 두잎 떨어질 때마다
사랑했던 사람도
미워했던 사람도
내 안에서 그리워지는
가을이 있어 행복합니다

후루루 부는 작은 바람에도

떨어져 누운 잎마저 뒹굴어 떠난 자리에

멀어진 사람도

떠나간 사람도

내 안으로 찾아와 보고 싶어지는

가을이 있어 행복합니다

낙산사 앞바다에 서서

홍련암 추녀 끝에
서성이는 파도 소리

솟구친 물결마다
마음벽을 허물어
안개꽃 피어오르면

표류하던 내 삶도
먼 바다 꿈꾸는
수평선을 흐르다
사랑의 밀어로
다가선 그리움
그대 품에
모두 쏟아 부어도

언제나
푸르름 위에 출렁이는

내 몫의 아쉬움

가슴을 열어
웃고 있어도
물 어린 눈빛은
햇살을 적신다

낙조

오늘을 데불고
어둠으로 가는 길

황금빛 물결 위에
지는 해가 그려 준 노을빛 그리움

더는 아름다울 수 없다고
차라리 시를 품어 준 서해 낙조여!

널 바라보는
깊고 깊은 아쉬움은
어디쯤에서 끝날 수 있을까

널 바라보고
뒤척이는 내 꿈 하나
어디까지 따라갈 수 있을까

저물어가는 어둠길 헤집어

저 멀리

솔 섬 너머로 따라가면

낙조에 젖어 기다리는

한 사람쯤 만날 수 있을거나

말 못 한 게 하나 있습니다

가슴을 열고
활짝 웃고 있는 꽃들도
속내를 다 쏟아 놓지 못하듯

누구나
혼자만 가지고 가는
혼자만 가지고 가야 할
말 못 한 게 하나 있습니다

티 없이 맑은 하늘이
파랗게 보여도
깊은 속내를 다 드러내지 못하듯

살면서
하얗게 품어만 두고
가슴 깊은 곳에서만 커 가는
말 못 한 게 하나 있습니다

흘러간 세월에
묻고 또 묻어 보아도
누구나
가슴 깊은 곳에서 움켜쥔
말 못 한 게 하나 있습니다

지울 수 없는 흔적이
심장 깊숙이 남아
어둠보다 깊은
말 못 한 게 하나 있습니다

첫눈이 내립니다

기다리고 기다리던
첫눈이 내립니다

생각 없이 부는 바람결에도
내 가슴에 남아 있는
그대 미소 같은 첫눈이
겨울 향기처럼 내립니다

첫눈 오는 날은
내 마음도 첫눈이 되어
그대 가슴에 내리고 싶습니다

멀어진 마음 다시 돌아와
살며시 팔짱 끼워 주는
그때 그 하얀 겨울처럼
당신의 꽃잎으로 내리고 싶습니다

이렇게

첫눈이 내리는 날은

보고 싶다는 말보다

너도 나처럼

그때

그 마음으로 함께 걷고 싶어지는

그리움의 눈꽃으로 쌓이고 싶습니다

사랑의 향기는

꽃의 향기는 몇 십 리지만
사랑의 향기는
수천, 수만 리를 가지요

꽃의 향기는 한 계절이지만
사랑의 향기는
오랫동안
어둠의 벼랑 끝에서도
눈을 뜨고 일어서게 하는
시들지 않는 향기입니다

언제, 어디서나
당신의 향기가 놓아 준
징검다리를 밟고 와
더 없는 이웃이 되고
그리운 임이 되고
마음을 어루만져 피워 준 꽃밭이지요

2부
꽃잎은 사랑을 머금고

꽃 진 자리
먼 기별 같은
뻐꾸기 울음소리 들리는
어디쯤

내 사랑 하나 받아 줄
가슴 하나 있을거나

진달래꽃

작년에도
그 작년에도
봄바람에 몸을 맡기고

산등성이 곳곳마다 붉게 물들여
불꽃처럼 타는 열정
흔들리는 분홍빛 사랑
다 쏟아 낸 줄 알았는데

올해도
얼음장 녹여낸 맨발로
아직도 누군가에게
맨 처음 전하고 싶은
가녀린 순정을 품고 서서

연분홍 속 깊은 수줍은 웃음을
내게도 보내어

한평생 묻고 가려는

그리움 다시 불러내

이 봄을

이토록 설레게 하는가

목련꽃

겨우내
눈 시린 사랑 하나 품고
숨죽이고 기다리더니

움켜쥔 가슴
살며시 펴
새봄을 열어 놓고

부끄럼 촌색시처럼
빙긋이 웃어 보는
넌

누구를 사모하는 미소인지
말하지도 않고

누구를 그리워하는지
말하지도 않고

무르익지도 않은

사랑은 어쩌라고

이 봄도

수줍은 꽃잎으로 그냥 지려 하는가

감꽃

그대가 보내 주는가
해마다 이맘때면
감꽃 피는 남녘 고향 봄을

그대가 보내 주는가
꿈속에서
그 옛날 감꽃 향기를

그녀는 알고 있을까
감꽃 피는 사월이면
감꽃 목걸이 걸어 주던
그때
귓불 붉어지던 그 마음을

그녀는 알고 있을까
먼 그리움 품어 안고
올해도 감꽃이 피는데

그때
그 마음이 피어오르는데

지금도
감꽃 닮은 네 모습 그대로
그리움에 젖고 있는데

꽃잎 지는 날

떨어진 꽃잎에
한 시절
그리움이 간다

지는 꽃잎 시름 따라
놓은 손 서러움
봄 강에 흐르면

너를 보낸 앓는 사랑
수척해진 가지마다
봄이 가는데

꽃 진 자리
먼 기별 같은
뻐꾸기 울음소리 들리는 어디쯤

아쉬운 사랑 하나 받아 줄

가슴 하나 있을거나

사랑 빛 오월

봄꽃이 저리도 향기를 쏟는
사랑 빛 오월은
피는 꽃도
지는 꽃도
물결처럼 출렁이는 사랑뿐

꽃잎에 이는 바람도
풀잎에 내린 햇살도
마주 앉아 웃어 주는
눈부신 사랑 빛이다

하고 싶은 말 대신
저 파란 들판 어디쯤
내 사랑도 하나쯤 심어 놓고
오월이 오면
사랑 빛 들판에서
내 마음의 사랑도 전해지는지

심장 뛰는 소리를 듣고 싶다

오월에는
온몸으로 물드는
너의 채취에 묻혀 길을 잃고 싶다

장미꽃

정열일까
욕망일까
저 붉은 입술이

사랑일까
유혹일까
저 요염한 미소가

온몸으로
불덩이 같은 사랑 하나
꽃잎에 벙글어 놓고
저토록 오만한 눈빛으로

쏟아 볼 길 없는
설레는 사랑은 다 불러내
자신 있으면 홀려 보라고
저리도 붉은 꽃잎으로
5월 사랑을 흔드는가

유월의 편지

장미의 눈빛이 마음을 사로잡는
유월의 하늘엔
해마다 깊어져 고여진
눈물 같은 편지가 걸려 있다

임 그린 저 하늘가 어디쯤
유월의 햇살보다 뜨거운 젊음이 있었다는
내게도 어둠보다 깊은 사랑이 있었다는
누군가의 읽지 않은 편지 한 장이
유월의 햇살을 적시고 있다

그리워한 만큼
또 하루를 비워내는
끝내 붙이지 못한 편지가
어느 이름 모른 골짜기를 지나
유월의 강물에 띄워져
노을 속으로 흐느껴 흐르고 있다

고향에서 쓴 편지

귀뚜라미 우는 밤
고향집 호롱불 밝혀 들고
가난도 따뜻하던 동심을 비추면
끝내 묻어 둔 상처에
속살 하얀 정겨움의 조각들
별처럼 반짝거리다
홀로 깊어지는 가슴에
편지를 써도
이젠, 이제는 갈 곳이 없다.

유년의 꿈이 그리운
토실한 추억이 열리던 잘린 감나무
그 아린 흔적 위에
낯선 기계 소리만 헐떡거리고

난
영영 고향 나그네가 되는가

내 마음에 뜨는 별

내 마음의 별 하나 보고 싶은 날은
눈이 시리도록
밤하늘을 바라봅니다

마음이 허전한 날은
어둠 속 별 하나가

이렇게 많은 별들 중에서
내 마음의 별 하나가
별빛 손을 내밀어 우정꽃을 피워 주고

마음 울적한 날은
가슴끼리 맞대어 사랑꽃을 피워 주고

잠 못 이룬 밤이면

내 마음에 뜨는 별 하나가

깊이 간직한 속마음 쏟아내

그리운 시가 되어 반짝여 줍니다

능소화

어찌할거나
한여름 햇살보다
더 뜨겁게 달아오른 욕망의 네 눈빛을

어찌할거나
여름 내내
마음의 향기를 다 풀어내
기다리고 기다리다 전설이 되어버린
저 놓을 수 없는
정열의 황톳빛 연정을

한 계단 더 감아 오르면
행여 돌아오는
임의 모습이 보일까

붉은빛 꽃송이 다 쏟아 내놓고
조금만 더 활짝 웃으면

애타는 사랑 하나 돌아올 수 있을까

이 여름 끝에서
언제쯤
기다리고 기다리면
꽃대까지 녹아드는
사랑 하나 만날 수 있을거나

전등사 전설

아득히
머-언
어쩔 수 없는
한 때의 어긋난 사랑 때문에

단청 지붕 떠받히는
삼킨 울음 고통의 신음소리는
수백 년 풍경소리에 실려
어디쯤 가고 있을까

불같이 뜨거운 사랑을 허문 자리에
그대의 숨결을 느낄 것만 같아
가까이 다가서서 다독여 주고 싶은데
아픔을 함께 나누고 싶은데

묻지도 말하지도 못하는

전설이 된 번뇌의 소리는

지금 어디쯤 가고 있을까

연꽃

쌓이고 쌓인
욕망의 늪에서

한여름 뜨거운 햇살에
마음의 눈을 뜨고

비우고
또 비운
참 '나'로 빚은 깨달음이
저리도 마알간 순결한 꽃이 되었을까

돌이킬 수 없는
놓지 못한 사랑에
남몰래 혼자 앓은 눈물이
저리도 어여쁜 꽃이 되었을까

비추고 또 비추고

햇살도 견딜 수 없었던가

꽃잎에 머금은 미소를

오고 또 오고

만나고 가는 바람도 참을 수 없던가

꽃잎에 머문 사랑 빛을

여름은

여름은
손길마다
사랑이 가득한 걸

담장 너머
칭얼거린 풀벌레도 달래고
철모른 밤송이랑, 대추랑 젖을 물리고

여름은
마음마다
사랑이 가득한 걸

봄에 싹튼 냉이꽃은 잘 자라는지
상처 난 사과는 잘 아무는지

엄마 같은 마음으로
풀꽃 한 송이 품어 안고

천둥 비바람을 달래며

온몸으로

하얀 밤을 지새우는가

포도송이

한 줌 햇살도
한 줄기 바람도
걱정 없이 나누는 정겨움같이
그대는
마음의 손 꼭 잡고
서로를 격려하고 아껴 주는
포도송이 같은 우정 하나 가졌는가

알알이 붙어서
서로의 얼굴만 바라보아도
늘
그리워 미소 짓는 첫사랑같이
그대는
한여름 폭염 속에서
허물없이 마음을 주고받는
포도송이 같은 사랑 하나 가졌는가

바라만 보아도 좋은

저 푸른 눈빛처럼

서로를 쓰다듬어 함께 영그는

포도송이 같은 꿈 하나 가졌는가

해금강에서

햇살에 눈을 뜨고
어둠에 눈을 감은
물결 삶 파닥이는 여름 해금강

가슴까지 파고드는 갈매기 울음소리
바위섬을 지키고

푸르름 묻어나는
정겨운 파도 소리
은빛 언어로 사는 곳

천 년, 만 년
깎고 다듬은 각시바위 신랑바위……

전설이 되어 버린 형상마다
떠나지 못하는 그리움 안은
저 푸르름 끝으로
이 세상 끝까지 함께 가는
사랑 하나 띄웠으면……

여름 바다

태양 빛 마음껏 눈을 뜨고
그려 준
사랑 빛 여름 바다

저 푸르름 끝에 선
희고 고운 여심도 출렁이는
바다와 나 사이
만남은
언제나 원색의 설렘

멈춰 선 시선마다
어쩔 수 없는 약속처럼
들썩이는 정열의 젊음을 불러들여
사랑은
더욱 사랑이 되는
싱그러운 낭만 빛 여름 바다

뜨겁게 달아오른

바닷가 모래밭 어디쯤

생각할수록 그리워지는

못 잊을 사랑도

저 파도 위에 물거품처럼

하얗게 쏟아나 보았으면

매미 사랑

한 시절
한 사랑을 위하여
시름 깊은 긴 기다림을
그 누가 알기나 할까

사랑 대신
나무를 껴안고
한여름 햇살보다 뜨겁게
목청껏 부르는 연가를
그 누가 알기나 할까

어쩌다 너를 만나
사랑을 나누는 순간
더는 바랄 것 없는
눈부신 눈물이 된 여름 저문 날

포갠 날개

사랑 벗어 놓은 자리에서

언제쯤

다시

사랑이 되어 돌아올 수 있을거나

안개강

외로움을 견딜 수 없었던가
저 강물
밤새도록 흐름도 멈추고

적막함이 깨일까 봐
신새벽 물빛끼리 손잡고
품어 온 내 설렘을 그려줄 줄이야

휘감은 산허리마다
하얀 그리움 품어 안고
작은 바람 한 점에도
바람만큼 흔들리며

군데군데
아직 한마디 말이 부족하여
버릇처럼 기다려도 오지 않던
당신 앓아 온 내 마음을
이렇게 그려 줄 줄이야

서울의 밤하늘

은하수 시나브로 떠나간
서울의 밤하늘은
네온 불빛들 뒤엉켜 반짝이는데

높아만 가는 빌딩 숲 틈바구니마다
유혹의 향기에
부나비처럼 모여드는 사람들
저토록 흥청거려 붐비는데

산동네 벼랑 끝 목마른 삶들
작은 등불은 꺼져만 가고
등 뒤에 짊어진 삶은
왜
무거워져만 가는 걸까

언제쯤
희미한 달빛 한 줄기

잃어버린 별빛 한 줄기 돌아와

어우러져 빛나는

밤하늘을 볼 수 있을거나

언제쯤

네온 빛 더불어 손잡고

볓빛에 속삭이는 바람처럼

상쾌해질 수 있을거나

작은 미소

회색빛 빌딩 숲
침묵 사이로

아침부터 어둠이 내릴 때까지
달동네 언덕배기 골목길 오르내리며
연탄 수레 끌고 미는 중년 부부
흔들리고 미끄러지고
그래도 입가에는
작은 미소를 끌고 간다

굳은 얼굴 표정들
얼어붙은 도시 가슴들 사이로
종일토록 한가득 주워 모은
폐휴지 손수레 끄는 노부부
앞에서 뒤에서
눈가에 작은 미소를 끌고 간다

찬바람 쌩쌩 부는

무표정한 군상들 사이로

날마다

미소 하나 올려놓고

작은 꿈을 끌고 간다

3부
그리움이 쓴 가을

세월이 흐를 만큼 흘렀는데도
시월의 끝자락에만 서면
찻잔에 어리는 네 모습이
단풍잎처럼 붉어져 흔들린다

가을이 말을 걸어옵니다

가을이 말을 걸어옵니다.
작은 씨앗을 위하여
찬바람 속에서
비장한 각오로 흔들리며 웃고 있는
작은 들꽃들이 보이느냐고
사랑 하나 전해 주려고
푸른 잎들이 저 홀로 물들고
눈물처럼 떨어져
한 자락 바람에 흩날리는
삶이 보이느냐고

가을이 말을 걸어옵니다.
살아온 내 삶의 도화지에
어떤 그림을 그렸느냐고
남은 삶은 무얼 그릴 거냐고

가을은

대답하지 않아도
내 한평생 안고 가는
짠한 마음을 알고 있나 봅니다

세월의 틈새마다
수백, 수천 번
마음 밭에 꽃씨를 뿌려 주고
그 꽃씨
사랑이라고

가을 그리움

가을이면
너를 보고 싶은 마음도
갈잎을 스치고 간 바람처럼
잠깐이었으면 했는데

생각나는 그리움도
떠가는 흰 구름처럼
잠시 머물다 갔으면 했는데

가을이면
철새처럼 찾아와
그대 머문 자리마다
다시 꽃을 피워 주고
열병처럼 앓고 간 너를 어찌할거나

비우고
비우다가

낙엽처럼 뒹굴고 흩날려

가슴에만 가둘 수 없는

너를 어찌할거나

구절초

가을 햇살 머문 자리에
너도 웃고
너를 보고 웃어 주는
하얀 웃음꽃 가을 들판에

살가운 꽃향기를 풀어 놓고
우수에 젖은 듯
단아한 네 눈빛에
쪽빛 하늘도 가슴 열어 웃어 주네

세상일 다 벗어 버리고
여름 내내 품어 온
말 못 한 사랑 하나 고백하고 싶다는
가을 햇살 귓속말에
수런수런 웃어 주는 가을 언덕에

너를 보고 떠오르는

내 마음의 당신도

네 모습을 닮았으면

가을 편지

아득히 보이는 갈대숲에서
바람이 불어오면
가을 창가에 기대어 편지를 쓴다
곱게 물든 낙엽 하나 실려서

우리 젊은 날
숱한 방황 속에서도
너를 보내지 않는 것만큼
불꽃으로 타는
넌
불고 가는 바람에 전해도
닿을 수 없는 그리움뿐인데

그대여
얼마나 더 그리워하면
명치끝에 매달린
가을앓이가 사그라질 수 있을까

얼마나 더 살아야

그리움 묻어 둔

이 가을을 홀연히 보낼 수 있을까

기약 없는 설렘은

어디쯤에서 흩어지려는지

끝이 없는 끝에서

가을 편지를 띄운다

그리운 사람아

가을에는 다 놓아 주자

가을 나무가
마지막 잎을 놓아 주고
소중한 열매를 놓아 주고
마지막 사랑 하나까지
놓아 줄 수 있는 것은
그냥 다 놓아 주듯이
가을에는
사랑하는 마음도
미워했던 마음도
묻지 말고 다 놓아 주자
상처 받은 아픔을
별빛처럼 흩어 놓고
가슴을 비춰 주는 광채 하나쯤
품어 두고 싶어도
가는 듯 다시 돌아올
사랑을 위하여
놓아 줄 수 있는 것은 다 놓아 주자

가을 나무처럼

당신은 누구인가요

수 세월
흔들리는 사랑도
수척해진 그리움도
보내고
보냈는데도

가을이면
허락도 없이
얼레 줄에 묶인 연처럼
내 그리움을 띄워 준
당신은

불고 가는 바람처럼
부질없는 일인 줄 알면서도
추억의 그물을 풀어놓고
내 마음을 흔들어 준
당신은

두근거린 마음도

우두커니

오지 않는 막차를 기다리며

이 가을

빈 하늘만 바라보게 한

당신은 누구인가요

가을 강가에서

울어버린 갈잎 하나 띄우고
노을빛 가을 강이 흐른다

물속에 비친
부끄럽고 안타까운
상처 난 강 언저리 곳곳마다
바라보기조차 민망했던
여름의 찌꺼기들 붙들고
속마음 다 드러내
소리쳐 흐르고 싶지만

지난여름
물새알 손잡고 지켜 주던 조약돌 잘 있는지
모래밭에 웃어 주던 쑥부쟁이꽃 잘 있는지
보고 싶어서
실비단 마음결로 흐른다

어디쯤에서

흐름을 가로막은

아픈 마음 들키지 않으려고

붉게 물든 노을빛 함께

강물이 되어 소리 없이 흐른다

은행잎

노란 눈물 머금은
가을이 쓴 엽서 한 장

외롭지 않으려고
쓸쓸하지 않으려고

한 잎 또 한 잎
가슴끼리 맞대고 사뿐히 떨어져

돌계단 곳곳마다
읽고 또 읽고, 웃고 울다가

몸도, 마음도 다 비우고
그리움마저 다 비워버린 날

이 가을 끝에
숨겨 온

마지막 사랑 하나 손잡고

바람이 불 적마다
노란 나비 떼처럼 흩날려 가는가

가을 바다

마음 줄에 닻을 내린
쓸쓸함을 띄워 놓고
가을 바다는
가슴으로 출렁거린다

마음에 담아 둔
기별 없는 사랑 하나
파도에 깎일까 봐
가을 바다는
목청을 가다듬고
아름다운 파도소리를 낸다

저 먼 바다 어디쯤
소리 없이 흔들리는
내 몫의 외로움 위에
쏟아내는 흰 물거품도
가슴에 고인 말을

황금빛 물결로 출렁거려 준다

가을 바다는
지난여름
아물지 않는 상처마다
코발트빛 손으로
들썩이는 파도의 어깨를 다독여 준다

고목

이 봄날
화려한 젊음은 어디로 가고
우두커니
나이테만 남았는가

무성한 이파리에
바람 불어 떨어진 꽃잎도
벌레 먹은 열매도
내 탓이라 품어 안고
안타까워했던 날들이 엊그제였는데

이제는
앙상한 가지에
삭정이마저 떨어져 나가고
새소리조차 머물러 주지 않는구나

그리움 다 사위어지는 그날까지

외로운 가슴 젖는

마음 꽃을 피워 놓고

바람이 읽고 가는

서러운 사랑 시 한 구절 품고 서 있다네

등대 사랑

아득히 먼
바위섬 꼭대기
어둠을 불러내 불빛 하나 켜 놓고

아직도 기다리고 싶은
나를 울린 사랑 하나
노 저어 오라고

밀려오는 파도에게
밀려가는 파도에게
불면의 밤 서성이며
외로움을 전해 보지만

어둠을 비추어
불고 가는 밤바람을 붙잡고
가슴을 파고드는 파도 소리 실어서
그리운 안부를 전해 보지만

사위어가는 등대 불빛 위로

이 밤도

빈 밀물만 밀려오는가

산

어둠보다 깊은
침묵을 묻고
늘 그 자리에서
나를 기다리는
변함없는 친구

걸으면 걷는 대로
길이 되어 주고
머물면 머문 만큼
마음을 열어 주고

마음이 허전한 날은
울고 싶은 것들은
실컷 울고 가라고
그리운 자는 그리운 것만큼
실컷 노래하라고
언제나

넉넉한 가슴을 비워 둔다

풀잎 하나까지
돌멩이 하나까지
고달픈 삶의 그림자
모두 가슴에 품어 안고

오늘도
사람 사는 쪽을 바라보고 서 있다

어머니

어머니란 이름으로
온갖 상처를 끌어안고
아파도 아플 수 없는
시린 손
마른 눈물로 품어 주신
어머니

어머니란 이름으로
찢기고 패인 주름살
남루한 차림으로
하얗게 변해 버린 머리카락 너머까지
궂은 일, 속상한 일 모두 끌어안고
방패막이가 되어 주신 당신은
열 손가락 마디마디로
자식들을 위한 촛불을 켜 주셨습니다

자식들 시집 장가보내면

끝인 줄 알았는데

언제든지
손자들을 껴안고
박꽃 같은 웃음으로
사랑의 등을 내주신 당신은

외로워도
편찮으셔도
"괜찮다, 나는 괜찮다" 입에 달고 사셨던
어머니

당신은 마르지 않는 눈물입니다.
당신은 채울 수 없는 그리움입니다

금강산
−삼일포를 바라보며

아!
꿈속에서 그리던 풍경이던가
네 모습에 가슴이 저려 온다

저 멋스런 소나무 속울음 눈물이
저리도 아름다운 쪽빛 호수가 되었을까

돌멩이 하나까지, 마른 풀잎 하나까지
한이 담긴 그리움이
저리도 아름다운 풍경이 되었을까

그대여!
보고 또 보다가
내 눈빛에 닳아지면 어쩌나
내 가슴에 담다가 상처라도 나면 어쩌나

너와 나는

어쩔 수 없는 운명처럼
서러움 다독여 바라만 볼 뿐
또다시 기약 없이 헤어져야 하는 아픔을
어찌할거나

언제쯤
저 얼어붙은 목숨들이
들꽃처럼 피어나
품어 온 네 노래를 마음껏 들어볼거나

그리운 금강산
눈물의 삼일포여!

민둥산 억새꽃

가을 바람에 흔들리는
억새꽃 은빛 물결

등성이 등성이마다
바람에 잡힌 손목
넘어질 듯 일어나
살아온 삶끼리 부둥켜안고
눈이 부시도록 설레게 하네

바라보는 눈길마다
번잡함도
탐욕도 뿌리치고
펼쳐놓은 은빛 축제 한마당에
함께 손잡고 춤추며 살자 하네

아름다운 이 세상

바람도 햇살도 끌어안고

흔들리고 흔들려도

사랑하며 함께 살자 하네

강화도
−보문사에서

흔들리며 살아온 삶

마음의 등불 하나 켜 들고

타박타박 가파른 돌계단을 오르면

아침 햇살 비켜선

안개 낀 바다 멀리

군데군데

섬들의 합장 소리

수런대며 반겨 준다

저 수평선 멀리

걸어온 길 위로

꽃잎처럼 흩어져 굽이친

내 삶도

염불 소리에 실으면

이 겨울을 건너가는

파도 위의 포말처럼

가벼워질 수 있을까

언제쯤
번뇌 끝낸
저 선승의 발걸음처럼 가벼워질 수 있을까

해바라기 사랑

언제부터
이글거린 태양 눈빛에
마음을 빼앗기고
용광로 같은 뜨거운 사랑을 하였을까

못 견디는 사랑 하나
빈 하늘에 띄워 놓고
날마다
온몸으로 눈이 되어
오직
바라보고 웃어 주는 사랑만을 하였을까

불타는 가슴
까맣게 타들어 가도
수줍은 미소만 머금고
그립다는 것은
기다리며 바라보는 것이라고

사랑한다는 것은
고개 숙여 수줍게 웃어 주는 거라고

어둠이 올 때까지
까치발 돋우고
먼 산 넘어가는 그대 뒷모습을 바라보는
슬픔도 익어서
눈물이 난다
해바라기 사랑이여!

독도

저 망망 동해가 품어 주는
그리운 섬 하나
내 가슴에도 그리운 섬이 되어 산다

반짝이는 물결 아득히
외로운 섬 그 자리에
푸른 바다 물빛 정겨움을 품고
동도 서도 마주 보고 웃는
사랑의 섬이 되어 산다

큰 바도
작은 파도
새색시 같은 손길로
한 땀 한 땀 정성들여 수놓아
날마다
설레는 섬 하나 되어 산다

엉뚱한 이웃나라 탐욕의 소리에
파도 소리도 가슴이 떨리고
갈매기도 수심져 우나니

누가 저 섬
말이 없다 하는가

오늘도
입술을 깨물어 뜨겁게 파도쳐 외치는데

대한의 섬
외롭지 않게 보살펴 달라고
아름다운 섬 하나 지켜내라고

설악산 단풍

한 시절
젊음이 익어서
사랑끼리 손잡고
신명 나게 번져 온다
발갛게 물든 눈시울
이별의 손수건을 꺼내 든 줄도 모르고

등성이마다
골짜기마다
오색빛 탄성의 물결이 쏟아져 흐른다
노을빛 함께 수심져 떠나갈
외로운 나그네가 되는 줄도 모르고

갈잎 떨어진 자리마다
슬픈 그리움이 뚝뚝 떨어진다

흩날리며

흩날리며

가을 수채화

가을에는
곱게 물든 잎새들도
하고 싶은 말을 다 하지 않습니다

보이는 것마다
들리는 것마다
아름답지 않은 것이 없어도
안타깝지 않은 것이 없어도
가을에는
그리움을 다 말하지 않습니다

오색 물결 사운대는
노을빛 강변에서
내 마음의 수채화를 다 그려 주어도
다시 아쉬움이 되어
채워지지 않는
한숨 같은 당신은 누구인지요

4부
그대 다시 그리움 되어

눈 오는 날은

멀어진 마음

하얀 언어 밟고

다시 돌아와 손잡아 주는

당신의 하얀 눈길이고 싶습니다

순천만 갈대 숲길을 걸어 보게나

그대여!
이 가을이 아쉽거든
은빛 사랑 출렁이는
남도 끝 순천만 갈대숲 길을 걸어 보게나

이 가을이 외롭거든
갈대꽃끼리 스쳐
가을 교향곡 연주하는
갈대숲 낭만 길에 젖어 보게나

끝내 떨치지 못한
그 사람이 그립거든
서로의 가슴끼리 부비며
정겹게 살아가는
갈대숲 사랑 이야기를 들어 보게나

수 세월

갈댓잎에 이는 유혹의 바람에도

흔들리는 손목끼리 꼬옥 붙잡고

보고 또 봐도 그리워하는

순천만 갈대숲에 안겨 보게나

겨울은

겨울은
눈보라 속에서
맨살로
맨몸으로
가진 것 다 버리고 온몸으로 떨고 있다

겨울은
마른 풀잎 하나까지
봄꽃이 꽃망울을 터트릴 때까지
겨우내 엄동을 달래어
한 줌 냉기를 나누고
깊고 아픈 상처마다 하얗게 어루만져 준다

겨울은
날마다
빈 가슴을 쓸어내어
참고 견디는 새봄을 위하여

그 깊은

사랑의 젖을 물리고 있다

순천만 겨울 철새

가을이 오면
따뜻한 가슴 열어 주는
남녘 끝자락
순천만 갈대밭으로 날아와

전봇대 뽑아 준 들판에서
흩어진 낟알 몇 개씩 주워 먹고

황금빛에 물든 갯벌 밭 헤집어
미안한 마음으로
짱뚱어랑, 물고기 몇 마리씩 잡아먹고

우아한 날갯짓
노을빛 함께 놀다가

어둠이 내리면
별빛에 속삭이는

갈대숲 사랑 이야기도 듣다가

때가 되면
흔들고 가는 바람처럼
달빛 저문 동천에
눈물 같은 인연을 남겨 두고 떠나가지요

겨울 사랑

찬바람에 휙 날아갈
씨앗 하나 품고
겨울은
얼마나 마음 졸이고 있을까

찬바람에 꺾어질
빈 나뭇가지 하나를 붙잡고
겨울은
얼마나 마음 졸이고 있을까

겨우내
수백 번 아니 수천 번
흔들어 보고
다독여 보고

겨울은
다 벗은 맨가슴에

저마다

꽃은 꽃으로

잎은 잎으로 피게 하려고

아픈 상처마다

소중한 사랑하나씩 품고

하얗게 기다리고 있는 것을

엄마의 눈물 같은 희망 하나 품고

시련을 견디고 있는 것을

갈대밭 사랑

순천만 갈대밭에는
온갖 유혹을 다 해도
날마다 깊어지는 사랑 하나 있다

햇솜 같은 부드러운 바람이
교태를 부려 손목을 끌어 보아도
은빛 웃음으로 고개를 가로젓는
고여 오는 눈물 같은 사랑 하나 있다

어쩌다
폭풍우 칼바람이 몰려와
두 눈을 부릅뜨고 온몸을 끌어 보아도
따라갈 수 없는
목숨처럼 지켜 주는 사랑 하나 감춰져 있다

드넓은 갈대밭 곳곳마다

흔들리고 넘어져도

다시 일으켜 세워 주는

어둠보다 깊은 사랑 하나 있다

눈 오는 날은

눈 오는 날은
내 마음도 눈이 되어
당신을 그리워한 만큼
하얗게 쌓이고 싶습니다

눈이 오는 날은
당신의 가슴에서
굳게 닫힌 사랑 하나 불러내
하얀 눈길을 걷다가
하얗게 스며들고 싶습니다

바람 불어
흩날리며 눈 내리는 날은
얼어붙은 강가에서
잡은 손목 그대로
내 마음이 전해지는 눈꽃을 피우고 싶습니다

눈 오는 날은

멀어진 마음

하얀 언어 밟고

다시 돌아와 손잡아 주는

당신의 하얀 눈길이고 싶습니다

겨울 주산지

가 버린 세월 끌어안은 그루터기
짠한 마음들이

마른 눈물 뿌리내린 물속에서
수백 년
기약도 알 수 없는 수행의 몸이 되어

오늘도
침묵의 미소만 머금고
살아온 삶을 다독여
행복해하는 하얀 호수 가슴에

외로움 닿는 물안개 군데군데
삭정이 붓끝마다
겨울빛 물감으로
미완성 세한도를 그려 놓고

그리운 이 그리워하는
그리움을 채우라네

살다가 묻어 둔
사랑을 채우라네

겨울 등대

바다 건너
어느 먼 바람결에
못 잊는 사랑 하나 있기에
밤마다 어둠을 지키며
얼어붙은 바람길을 비추고 있는가

홀로 깊어진 밤
어디쯤
흔들리는 그리움 하나 있기에
어둠을 붙잡고
별빛 사그라질 때까지
외로움 달래는 등불 하나 반짝여 주는가

행여

떠나간 사랑 하나 노 저어 올까 봐

겨울 내내

거센 파도 위에

마음 빛을 비추고 있는가

12월의 끝에서

날마다
파도치고, 바람 부는
방황의 길목을 지나온
한 장 남은 달력마저 찢겨 가는 날

살아온 세월만큼 깊어진
눈물 같은 아쉬움이
돌아올 수 없는 강을 건너간다

지나온 날들이
허전한 술잔에
소리 없이 쏟아져 내리고
가파른 고갯길
숨차게 달려온
또 한 해여 잘 가라

번민하며 남겨진
잠 못 이룬 마음들이
제야의 종소리에 실려 간다

또 한 해가 간다
뒤돌아보지도 않고

향일암 동백꽃

선홍빛 입술이 그리워
봄이 오고 있는데
저 멀리 봄 바다 설레고 있는데

저 꽃잎
겨우내
가슴 시린 사랑은 어쩌려고

낭떠러지 아스라이
저리도 붉은 순정
붉은 미소로
순진한 청잣빛 바다를 홀려만 놓고

이 봄에도

찰삭찰삭 잔물결 소리로

애끓은 연가만 부르게 해 놓고

무심하게 바라만 보다가

그냥 지려 하는가

향일암 일출

향일암 풍경 소리
금오산 어둠을 깨우면

낭떠러지 끝 아스라이
창파에 씻긴
붉디붉은 순정의 꽃향기에
바다 물결 설레는
저 아득한 수평선 너머 고요함 끝에서
물방울 하나까지 힘 모아 밀어 올린
가슴 시린 장엄한 해오름이여!

햇살은 햇살끼리

물결은 물결끼리 손잡은

반짝이는 물결 위로

간절한 소망 하나 띄우면

황금빛에 물든

새색시 미소 같은

못 잊을 그리움을 안겨 주는가

템즈 강 가에서

머나 먼 이국땅에서
너와 난 첫 만남인데
낯선 강이 흐름을 멈추고
두근거린 첫사랑처럼 안겨 오는가

낯선
첫 만남인데
도도한 눈빛으로 흐르다 말고
수 세월 품어 온 그리움처럼
안겨 오는 너의 숨결을 어찌할거나

비껴가지 못한 시선 사이로
멋스런 신사의 눈빛으로 윙크하는 런던 브리지
제국의 위용을 꿈꾸는 우뚝 솟은 타워 브리지
말 없는 말을 쏟아 내면

꼬리에 꼬리를 물고

수놓은 듯 펼쳐진

반짝이는 은피라미 떼처럼

국회의사당 고딕 물결 춤사위로

내 마음을 흘려 놓고

어찌할거나

보고 또 보고

더 그리워지면 돌아가지 못한다고

누가

아쉬움만 놓아두고 그냥 가라 하는가

센 강을 바라보며

마음속에 그리워했던
센 강은
내 마음을 알고 있었을까

꽃유람선 지나는
꽃무지개 다리마다
물 위에 웃음 짓는
찬란한 천 년 고옥 향기를 강물에 띄워 놓고
참을 수 없는 눈빛으로
내 마음에 아로새겨 놓을 줄이야

저 멀리
어둠을 불러낸
반짝이는 에펠탑 금모래 불빛 미소는
밤마다
백야 빛 노을지는 센 강을 훌려 놓고

아―
사랑하여 좋은 사람도
사랑하지 못한 아쉬운 사람도
그냥 가지 못하는 애끓는 눈빛 머금고
사랑의 강이 흐른다

어둠속에서도
보석빛 광채를 품어 안고
내 마음에 영원히 미소 지어 주는
낭만의 강이 흐른다

제부도에서

바다가 열어 준
바다의 마음 위를
맨발로
맨발로 걸어가면
오늘도
가슴을 물들여 주는 푸른 목소리

묻지도
대답하지도 않았는데
내 마음을 알아버린 것일까

다 드러낸 속살
연인 같은 하얀 미소에
내 마음을 들켜버린 것일까

노을빛 바다에
아직

허물지 못한 상처가

내 깊은 곳을 출렁거리다

외로워도

외롭지 않은 그리움을

올망졸망

내 그물망 가득 담아 준다

순천만 갈대밭 일몰을 바라보며

지는 해
잠시 붙잡아 둔 저물녘 갈대밭에
노을빛 하늘이 열리면

휘돌아 흐르다 멈춰 선
복숭아 빛 깔아 놓은 개펄 밭 물길도
황금 빛 갈대밭에 홀려 사랑에 빠진다

날아가는 철새들
짝 찾아 가는 것도 잊어버리고

달랑게랑, 짱뚱어랑……
집 찾아가는 것도 잊어버리고

불그스레 달아오른 속삭임들
서로를 부둥켜안고 사랑을 속삭인다

제 안에서

하루를 비워내는

꿈꾸는 갈대밭 일몰을 품고

흐드러진 불꽃색 하늘이 내려와

어둠으로 흐른다

겨울 숲

빈 하늘
손 시린 가지 끝
마주 본 눈빛끼리
한 줌 햇살 다독여
온기를 나누는 저 정겨움들

눈보라에
냉기가 서릴수록
비장한 마음을 다독여
가슴끼리 부비고
얼어붙은 몸을 녹여
사랑을 나누는 작은 가슴들

난마처럼 얽힌 세상
하루에도
수천 번 흔들려도
곧 봄이 올 거라고

서로에게 끄덕여 비장한 각오로
격려를 보내고

큰 나무
작은 나무
마른 잎새 하나라도 다칠세라
차가운 손길끼리 맞잡고
바람막이 어깨로 감싸고

흔들리며 흔들리며
함께 사는
그대
겨울 숲이여

스승의 날에 부쳐
−작은 등불이 되어

소중한 꿈 하나
이 길에 묻어 두고
후회 없이 걸으리라

이 세상이
아무리 춥고
힘들어도
늘
나를 새롭게 하여
가르치는 일을 사랑하고

뜨거운 가슴으로
정성어린 손길로
아이들을 보듬고
가꾸는
참 스승이 되리라

오늘도

아쉬운 교실 창가에 서서

아직 남은 사랑의 향기를

말없이 태워

우리 아이들의 꿈을 밝히는

이름 없는

작은 등불이 되리라!

요즘 우리 아이들

백 년 전에도
그때 그 아이들
버릇없다고
걱정 많이 했겠지요

천 년 전에도
그때 그 아이들
아프고 방황한다고
안타까운 눈으로 바라보았겠지요

그때
그 아이들이 꿈을 키우고
훌륭한 삶을 살았듯이

요즘
흔들리고 아픈 우리 아이들도
방황하는 우리 아이들도

멋진 꿈을 꿀 거라고
믿어 주고 격려해 주면
언젠가는
풀잎에 맺힌 영롱한 이슬처럼
반짝이는 꿈으로 빛날 거예요

따뜻한 눈길로 보듬어 주고
기다려 주면
시련 견딘 향기 품은 거목처럼
멋진 어른이 될 거예요

2월의 교실 창가에서

해마다 2월이면
초롱한 눈빛 아이들이
내 곁을 떠나가고

젖은 눈길
텅 빈 가슴으로
생각나는 아이들 이름들이
떠오르는 아이들 얼굴들이
하나, 둘
창가에 아려온다

불쌍한 사람을 위해 의사가 되겠다.
과학자
선생님……
꿈 많은 아이들
순박한 웃음들이

약속을 남겨 놓고
그리움을 남겨 놓고
지금쯤 어디서
어떤 꿈을 키우고 있을까

교실 창가에 기대어
저녁노을 다정히 서면
그립고 아쉬웠던 아이들의 모습이
아련한 별처럼 떠오르는데

무슨 말을 해 주면 좋으랴
사랑한다
초록빛 아이들아!

시가 있는 산문

그대 다시 그리움 되어
-거기 사랑이 있었네

1. 추억은 다시 그리움 되어

살랑살랑 불어온 봄바람이 담아온 햇빛을 엎질러
연초록의 잎들에 내려놓는 이른 봄날, 학교
화단에는 노란 개나리, 연분홍 진달래, 하얀
목련이 꽃을 피워 아름답지만, 나는 한쪽 귀퉁이
풀밭에서 돋아난 들풀과 섞여서 귀엽게 핀 보랏빛
제비꽃에 눈길이 간다. 50여 년 전 초등학교
담임선생님께서 제비꽃을 유난히 좋아하신
이야기를 들려준 인연 때문이다.

다니던 시골 학교는 전나무, 플라타너스처럼
듬직한 나무와 회양목을 울타리로 삼은 데다
널따랗게 잘 가꾸어 놓은 금잔디가 참으로
아름다웠다. 그 위에서 개구쟁이 친구들과 씨름,
말타기 등의 놀이를 하기도 하였지만, 가끔은
선생님과 함께 둘러앉아 석양빛 노을을 바라보며
소박한 꿈을 이야기하기도 하였다.

그 시절의 다양한 체험과 추억의 놀이, 힘겨웠던
아픈 환경과 흔적들이 꿈이 되고 그리움이 되어

글을 쓰겠다는 생각을 품게 했는지도 모른다. 지금도 긴 장마에 끝에 한 줄기 햇살에 닿은 잎새의 마음으로, 주변의 나무와 풀, 들꽃의 이름을 불러 보고, 느껴 보고, 만져 보고 그네들 마음을 들여다보곤 한다.

누구나 삶 속에는 추억이 있고 그 추억 속에 불을 켤 마음의 심지가 있다. 메마른 삶도 어떤 형태로든 더욱 풍요로워지기 위하여 노력한다.

추억은 지나가서 그리운 것이 아니라 그리워지기 위해서 지나가는가 보다. 푸른 청춘과 열정의 한때나, 의미 있는 삶과 시간을 함께한 것들은 세월이 가도 잊히지 않는다. 지난 삶은 내 존재의 증명이기 때문에 상처처럼 자국으로 남아 살아가는 동안 보듬고 함께 가는 그리움이 된 것 같다.

하지만 기억은 현실적으로 가지는 못하고 추억으로, 이미지로 올 뿐이다. 흘러간 시간은 인생의 뒷모습일 뿐, 더 이상 만질 수 없는 그림자 같아서 우리는 늘 아쉬워하고 아파한다.

지나간 시간은 두 번 다시 오지 않는다는 사실은

너무 당연하기 때문에 오히려 깨닫지 못하고 그냥 지날 때가 많다. 추억은 떠나갔지만 그 흘러가버린 시간은 그리움으로 차곡차곡 가슴에 쌓여 있게 된다.

생각만 해도 가슴 설레는 그 시절도 그 사람도 없는데, 왜 이리 세월이 갈수록 뭔가 허전하고, 아쉽고, 그리운 걸까? 추억의 고삐를 당겨 의미 있고 아름답게 삶을 다림질하는 것이 무엇보다 중요한데 말이다.

봄이 오늘 길목에서 41년의 교직 생활을 마무리한다. 아이들과 함께한 시간들이 가장 행복했다. 처음 교단에 선 때가 엊그제 같은데 속절없이 흘러간 세월 앞에 눈시울이 뜨거워진다. 내 곁의 아이들이 그립고, 함께해 온 동료 선후배가 그립다. 세월은 돌아올 수 없는 강을 건너간다. 이왕 갈 거라면 그리운 분들과 함께 가고 싶다.

흐르는 세월 속에
비가 내리고
눈이 내리고

간직한 추억들이 들꽃처럼
흔들리며 흔들리다가
다시 피어난 추억들

먼 훗날까지
그리움 안고 가는
한 삶이 있는 것일까

2. 시간이 떠난 자리에는 새 생명의 씨앗들이
자란다
태어나면서부터 우리는 살아갈 시간을 각각
받았을까? 생각하면 우리는 이 세상을 떠날 때까지
한정된 내 몫의 시간을 가지고 살다가 놓고 떠나는
것인지도 모른다. 그에 따라 어떤 시간은 누구나
부러워하는 잘나가는 황금기이고, 때에 따라 그저
무의미한 시간을 사는가 하면 어떤 시간은 여유도
없이 묶여 있기도 하다.
그래서 지나온 시간들은 늘 아쉽고 그립다.
사람들과 관계를 맺었던 아름다운 시간, 오래오래
기억되는 시간이 있는가 하면 기억나지 않는

시간이 더 많다.

기억 못 한다고 하찮은 시간은 아닐 것이다. 앞으로 우리에게 다가올 시간을 약속이라는 틀 속에 가두어 놓고 기다리지만, 그 시간은 깨질 수도 있는 시간이다. 오는 시간은 늘 새것이지만, 아무리 아름다운 어제라도 우리 곁에 왔다 가면 옛 시간이 되어버린다.

어느 순간이 우리의 마지막이 될지는 아무도 모른다. 그런 생각을 하면 아무렇지도 않게 하던 일들도 소중하게 느껴지고, 오지 않은 내일보다도 오늘을 의미 있게 살고 싶어진다.

그래도 어떤 날에는 가끔씩 지난날로 돌아가고 싶다는 생각이 들 때도 있다. 그때 왜 그랬을까? 왜 좀 더 이해해 주지 못했을까? 지금 생각하면 웃음이 나오는 일인데, 그때 그 사랑을 왜 그냥 보냈을까? 소중한 것들은 당시에는 알아채지 못하는 모양이다.

그토록 흘러간 어제를 아쉬워했지만 다시 우리 앞에는 똑같은 새로운 시간이 돌아오지 않으니 인생은 긴 것일까? 짧은 것일까? 인생은 뜻 깊은 일을 하며 제대로 살기에는 짧아도 대강 살기에는 너무 외롭고 지루할지도 모른다. 그러므로 시간은 우리에게 매번 새로운 모습으로 나타나 우리를 다시 설레게 하는지도 모른다.

그렇게 보면 누구든지 나름대로의 기쁨과 슬픔, 외로움의 집을 지으며 살아간다. 긴 삶의 시간 속에서 의미 있고 행복한 시간을 가져야 함을 알면서도 때론 그 삶에 무너지고, 아파하고, 외롭다. 그러나 그 속에는 건드려도 부서지지 않을 오래된 사람이 있고, 때론 세월이 흘러도 가슴에서 보내지 못하는, 어쩌지 못하는 사랑도 있다. 그래서 시간이 떠난 자리에 이러한 것들이 가슴에서 씨앗이 되어 뿌려지고 싹이 터 새 생명의 시가 되고, 소설, 음악, 미술 등이 탄생하는 것이다.

우리는 항상 끝을 말하며 결말을 보고 싶어 하지만, 세상은 늘 끝없이 변화하고 있는 연속일 뿐이다. 자연은 시제가 없다. 진정한 시간은 현재이다. 모든 기억과 추억은 시간이 만들어 놓은 흔적이다. 그래서 사람들은 있는 그대로의 사진을 남기도 한다. 그런 사진들이 시간의 추억이다. 그래서 시간은 떠나고 사랑을 남기고 그리움을 남긴다.

그저 쉼 없이 흘러가는 시간 속에

해가 뜨고 해가 진다

그 아래 꼭 다문 잎새 위로

바람이 불어 흔들리고

꽃을 피우고

열매를 맺고

그러다가

사라진 발자국 같은 그리움을 안고

뒤돌아보며 뒤돌아보며

떨어진 꽃잎처럼 흩날려간다